LE PRINCE KOUCHIMEN.

HISTOIRE TARTARE.

ET

DOM ALVAR DEL SOL.

HISTOIRE NAPOLITAINE.

A PARIS,
Chez JACQUES ESTIENNE, ruë S. Jacques, au coin de la ruë de la Parcheminerie, à la Vertu.

M. DCC. X.

Avec Approbation & Privilege du Roy.

AVERTISSEMENT.

CE ne sont point ici des Contes de Fées, ni des Avantures de Roman: on n'y verra ni Enchantemens, ni Machines, ni Enfers, ni Champs Elisées; on y suivra les regles ordinaires de la Nature: le Soleil y demeurera à sa place dans le milieu de l'Univers; la Terre, ainsi qu'une autre Planete, tournera autour du centre de la lumiere; bref, on ne changera rien à l'ordre établi par le Souverain Maître.

Les Histoires qu'on va raporter sont trés-veritables, arrivées depuis quelques années; les principaux Personages en sont encore vivans. On a seulement changé leurs noms & leurs Païs: ce sont des gens de condition, qui ne se-

roient pas bien aises d'être imprimez en spectacle.

Je ne crois pas avoir besoin de déclarer ici mon sexe, on reconnoîtra assez mon style ; nous autres Auteurs (le nom d'Auteur est neutre) nous ressemblons aux Peintres, on reconnoît la main.

Au reste, j'ai pris tant de plaisir à écrire, que je me crois plus que payée de ma peine ; & si les Curieux rendent souvent visite au Libraire, je leur donnerai de pareilles Histoires, tant qu'ils voudront. Le moule est chez moi, la matiere ne manque jamais ; & pourvû que l'Ouvrier soit encouragé par quelques loüanges soûtenuës de quelques Loüis, il fournira toujours de l'ouvrage.

LE

LE PRINCE KOUCHIMEN

HISTOIRE TARTARE.

JE ne m'étonne pas, Madame, que vous vouliés sçavoir l'Histoire du Prince Kouchimen : Il fait presentement une assez grande figure dans le monde pour donner envie de le connoître : Et comme j'ai long-temps servi le Grand Kam en qualité de ſon principal Ingénieur, & que j'ai paſſé pluſieurs années de ma vie avec le Prince Kouchimen, dont j'ai receu les Ordres dans mon Emploi, je ſuis en état de ſatisfaire pleinement une curioſité auſſi-bien fondée que la vôtre. Ce n'eſt point une Hiſtoire faite à plaiſir que vous allez lire, je fournirois aiſément un million de témoins de tout ce que je vais écrire : Tous les Perſonages ſont encore vivans, & ſi les avantures, que je raconterai, paſſent la vrai-ſemblance, elles ne vont jamais au delà de la verité. Au reste, Madame, permettez-moi de me servir ici d'un préambule fort commun ; excusez la simplicité de mon stile, mon génie ne s'est pas tourné du côté des Sciences, je ne connois point l'usage des belles paroles, & sans vanité je me servirois mieux d'une épée que d'une plume.

Je crois, Madame, qu'avant que de vous parler du Prince Kouchimen, il faut vous exposer en peu de mots l'état present de la Grande-Tartarie. C'est un des plus grands Empires du monde, qui s'étend depuis la mer blanche jusqu'à la Chine ; il a des Ports & des Places considérables sur la mer Caspienne & sur la mer noire. Le Grand Cam Alibor étoit mort en 1676. & avoit laissé trois fils & une fille. L'aîné Medor lui succeda, & ne regna pas long-temps. Les deux cadets Brindamant, & Prinador furent tous deux proclamez Grands Cams. Brindamant n'étoit pas capable de gouverner : ses infirmitez naturelles de corps &

d'eſprit ne lui laiſſoient que la vie animale; & pour entrevoir la lumiere, il falloit qu'il relevât lui-même de la main, ſes paupiéres épaiſſes & peſantes qui lui couvroient les yeux. Son frere Prinador mieux fait, promettoit beaucoup d'eſprit, & l'on pouvoit eſperer qu'il ſeroit un jour un grand Prince. La Princeſſe Marinde plus âgée que ſes freres, cachoit ſous un corps diſgracié, un eſprit ſublime, & une ambition ſans bornes: petite, groſſe, les yeux hagards, la phiſionomie déſaſtreuſe, il ſembloit que la nature en eût voulu faire un monſtre capable d'inſpirer du dégoût & de l'horreur. Elle pouvoit tout ſur l'eſprit du Prince Zengal, premier Miniſtre des deux derniers Grands Cams. Il étoit de l'illuſtre maiſon des Jageforts, derniers Ducs de Samarkande : Sa naiſſance, ſa bonne mine, une capacité éprouvée l'avoient rendu maître des affaires ſous les régnes précédens : & ſoit amour, ſoit ambition, la Princeſſe Marinde qui ſongeoit à ſe faire Imperatrice, eût bien voulu placer ſur le Trône auprés d'elle, le Prince Zengal. Elle ne craignoit rien de Brindamant. Le Prince Prinador lui étoit un grand obſtacle: Elle forma une conſpiration pour le faire périr, mais elle fut découverte; les brinlits, ou ſoldats de la garde ſe déclarerent pour lui. Il s'étoit déja ſauvé à quatre lieuës de Samarkande, lorſque les ſoldats l'allerent chercher, & le ramenerent en triomphe dans la Ville capitale. La Princeſſe Marinde fut miſe dans un Couvent. J'avois oublié à vous dire que les Tartares ont embrassé depuis un siécle la Religion des Moscovites leurs voisins qui sont Chrêtiens Grecs. Le Prince Zengal fut éxilé en Taberie, & la conspiration fut entierement dissipée.

Six mois aprés le Grand Cam Brindamant mourut, & Prinador qui regne aujourd'hui avec tant de gloire, fut proclamé le Pernez des Pernez, c'est-à-dire, le Prince des Princes, seul Cam de Samarkande, seul Empereur de toute la Tartarie. Ce fut alors que Monsieur Dubord devint ſon premier Miniſtre, & General de ſes Armées. Il étoit de la ville de Genance, d'une famille conſidérable : ſon courage lui fit prendre parti dans les troupes Tartares : ſa capacité lui merita la confiance de Zengal, & enſuite celle du Grand Cam. Monſieur Dubord avoit fort voyagé en Aſie, & en Europe. Il propoſa au Grand Cam de policer ſon païs encore barbare, & d'y attirer les étrangers, d'y établir des manufactures, de ne rien plaindre pour avoir de toutes ſortes d'ouvriers en toutes les conditions ; & lorsque le Cam se voyant paisible dans son Empire, lui dit qu'il vouloit aller voyager pour apprendre lui-même les differentes coûtumes des païs differens, & en profiter à l'avantage de ses Sujets, Monsieur Dubord approuva extrêmement un si beau dessein, & si nouveau pour un si grand Prince. Il lui conseilla seulement de passer par la Moscovie sans s'y arrêter, parce qu'il n'y apprendroit rien, & d'entrer en Europe, où les moindres Etats étoient policez

& dignes de ſon attention. Ils réſolurent que le Cam nommeroit quatre Ambaſſadeurs avec des lettres de créance pour tous les Princes de l'Europe; qu'il leur donneroit un train magnifique, & les chargeroit de preſens, afin qu'ils fuſſent mieux receus par tout, & que le Grand Cam lui-même marcheroit toûjours aprés les Ambaſſadeurs, & paſſeroit pour un de leurs Gentils-hommes. Monſieur Dubord fut déclaré chef de l'ambaſſade.

La choſe fut ainſi éxecutée; le Grand Cam fut

toûjours *incognito*, & voulut être traité comme un simple particulier, que tout le monde connoissoit pourtant: cela lui épargna les fatigues du cérémonial pendant tout ce grand voyage qui fit tant de bruit en Europe. Il s'arrêta quelque temps chez l'Electeur de Brandebourg. Il passa de là en Hollande, & en Angleterre, & par tout il s'appliqua à connoître les mœurs & les coûtumes des païs. Il n'épargna ni soins, ni dépenses pour acquerir la connoissance des Arts: Il descendit même jusqu'à travailler de la main a la construction des Vaisseaux pour encourager ses Sujets à suivre son éxemple. Il en a fait bâtir depuis un si grand nombre, qu'il a presentement une flote sur la mer Septentrionale, une autre sur la mer Caspienne, qui n'a pas fait de plaisir au Roi de Perse, & une troisiéme sur la mer noire, qui a fait trembler plus d'une fois le Grand Seigneur dans sa ville de Constantinople, & l'a obligé à lui ceder des Places, & à faire avec lui une paix honteuse à l'Empire Ottoman. Le Grand Cam prétendoit par là avoir des Vaisseaux de guerre sur toutes les mers qui environnent son Empire ; & comme il n'y a que sept lieuës de plaine entre le Tanaïs qui entre dans la mer noire à Azaph & le Volga, qui se jette dans la mer Caspienne, il fit commencer un canal de communication entre ces deux grands fleuves, & y employa vingt mille soldats de sa garde, qui ressemblent assez aux Janissaires par leurs fréquentes révoltes. Il étoit bien aise de les occuper. Il vouloit par là avoir commerce avec la Perſe & le Mogol, & en faire venir des marchandiſes, que ſes Vaiſſeaux euſſent portées dans la mer Mediterranée en paſſant par le détroit de Conſtantinople. Ce grand deſſein, qui marque un profond génie, ſe continuë malgré la guerre. Il fait en même temps creuſer d'autres canaux qui traverſent tout ſon Empire; enfin ſi ce Prince a paru extraordinaire en certains cas opposez à nos uſages, on ne ſçauroit diſconvenir qu'il n'ait de grandes veuës pour sa gloire, & pour l'avantage de ses Etats. Il a aussi envoyé des Ambassadeurs à l'Empereur de la Chine renouveller les anciennes alliances; & je dirai en passant que par la relation qu'en a donné Monsieur Evert Isbrand chef de l'ambassade, on a reconnu que la Grande-Tartarie a cinq cens lieuës de moins, que ne le marquent les cartes ordinaires.

Au retour de Hollande le Grand Cam passa à Vienne, vit l'Empereur, & fit avec lui des traitez publics

pour

pour le commerce, & d'autres secrets pour la guerre. On dit qu'il songeoit à faire le voyage d'Italie, & étoit (dit-on) résolu à réünir ses Sujets avec l'Eglise Romaine, lorsqu'il apprit qu'il se faisoit à Samarkande une nouvelle conspiration. Sa longue absence avoit réveillé les Partisans de la Princesse Marinde. Il partit aussi-tôt, & fit une diligence incroyable pour arriver à Samarkande; mais il ne put rien découvrir, quelques perquisitions qu'il pût faire.

Il est temps, Madame,

de vous parler du Prince Kouchimen. Son origine eſt inconuë ; ç'a été le deſtin de pluſieurs grands hommes : ſes commencemens ont été fort peu de choſe : mais peut-être qu'on lui trouvera en Tartarie des ayeux illuſtres ; j'en laiſſe le ſoin aux d'Hoſiers de la Grande-Tartarie : mais je ne l'en eſtimerai pas davantage. Ruiter le premier homme de mer de ſon ſiécle, avoit été Mouſſe, & s'en glorifioit, en voyant un jour un matelot qui batoit un Mouſſe : *Hé, mon ami*, lui dit-il, *ne le bats pas davantage pour l'amour de moi, j'ai été comme lui.* Quoiqu'il en ſoit, Kouchimen dans ſon enfance à l'âge de dix ans, crioit tous les matins des petits patez dans les ruës de Samarkande; & comme il avoit la voix fort belle, & qu'il étoit fort joli de ſa petite perſone, tout le monde couroit à lui, & ſon clayon étoit bien-tôt vendu. Monſieur Dubord premier Miniſtre du Cam, que je nommerai quelquefois Empereur, au milieu de ſes grandes affaires, aimoit les petits patez; il eut un matin envie d'en manger, & fit appeller le petit Kouchimen, dont la voix agréable & éclatante avoit percé jusqu'à son cabinet : la phisionomie de l'enfant lui plut, il étoit beau comme l'amour : il l'interrogea ; ses réponses vives, hardies & respectueuses, acheverent de le gagner. Il lui fit jetter son clayon, & le prit à son service. On l'éleva avec autant de soin que s'il eût été le fils de la maison, & bien-tôt les trésors que la nature lui avoit prodigués, se développerent. Il devint de la plus belle taille du monde ; son visage eut tous les charmes qui conviennent à un jeune homme, & son esprit joignit la solidité d'un vieillard à l'agrément, & à la pénétration d'un homme de vingt ans. Monsieur Dubord se servit de lui dans les affaires les plus importantes ; Kouchimen portoit le portefeuille, lors qu'il alloit travailler avec le Prince. Le Grand Cam qui prend garde à tout, le remarqua, & demanda son nom à Monsieur Dubord, qui lui conta naïvement ce qu'il étoit ; *Donne-le moi*, lui dit le Prince, *ſa mine me plaît, je le ferai garçon de ma chambre.* La demande d'un Empereur de Tartarie eſt un Ordre. Voilà donc Kouchimen garçon de la chambre. Son aſſiduité, ſon activité, ſon adreſſe dans le ſervice, lui gagnerent bientôt l'amitié de ſon Maître. Il le mena avec lui dans tous ſes voyages. Il le préfera même à ſes plus anciens Officiers, & lui donna de petites commiſſions ſecretes, dont il s'acquitta fort bien. On commença à le regarder à la Cour comme un petit favori. Monſieur Dubord le comptoit dans le nombre de ſes créatures, & le soûtenoit en tout, bien aiſe d'avoir auprés de ſon Maître un homme, dont la reconnoiſſance lui ſeroit aſſûrée. Kouchimen couchoit aux pieds du lit du Cam, & le ſervoit dans ces temps favoris, où les Princes ſujets comme les autres mortels aux infirmitez humaines, dépoſent leur fierté, & ſe laiſſent voir tels qu'ils ſont. Sa modeſtie & ſon déſintereſſement lui attiroient tous les jours de nouvelles graces: ſemblable à ce serviteur fidéle d'un grand Roi, qui lui demandoit à tout moment des graces pour les autres, & jamais rien pour lui-même, jusqu'à ce que son Maître admirant son désinteressement, lui dit : *Hé, Bon-temps, ne me demanderez-vous jamais rien pour vous ; je vous donne cette Charge, mais c'est pour vôtre fils?* Kouchimen étoit de ce caractére si noble & si rare : on lui donnoit malgré lui ; & si sa fortune n'étoit pas encore brillante, son bien commençoit à devenir considérable. Tous les

les Princes étoient bien aiſes d'être de ſes amis. Le Pernez Damilko Gouverneur d'Aſtraban, fit avec lui une liaiſon particuliere. Il le faiſoit venir chés lui, & le traitoit d'une maniere fort diſtinguée, jugeant aſſés que ſa fortune iroit loin.

Ce Prince Damilko avoit une fille plus aimable qu'une Georgienne, l'air noble, la taille belle, le viſage fait par les graces, & ce qui étoit de plus ſingulier, elle étoit blonde & avoit de grans yeux noirs, avec des paupieres noires, épaiſſes, qui tranchoient ſur un tein d'une blancheur éblouiſſante, la bouche petite, vermeille, qui en s'ouvrant formoit au tour d'elle mille petits trous, & laiſſoit voir des dents blanches, petites, bien rangées, elle eût été belle à Verſailles. Le Prince Damilko permit à Kouchimen de la voir & de l'entretenir tant qu'il voudroit. Il avoit vingt-deux ans, la Princeſſe en avoit quinze, l'amour fut bien-tôt de la partie. Le pere ne s'en aperçut pas, ou pour mieux dire, ne voulut pas s'en apercevoir, la politique prévalut, & d'ailleurs il prenoit les mesures necessaires pour empêcher les suites facheuses. Il ne voyoit entr'eux que de l'enfance, du badinage, des regards & quelques soupirs échapés.

Les choses en étoient là, lorsque les anciens amis de la Princesse Marinde sœur du Cam, renouvellerent la conspiration pour le détrôner. Son Gouvernement severe, & presque tiranique aliénoit les esprits : la plûpart des Princes & des Goyars étoient mécontens ; & murmuroient de voir Monſieur Dubord étranger, maître abſolu des affaires.

La grande Tartarie étoit autrefois partagée en pluſieur petites Souverainetés. Ces petits Souverains ſe nommoient Pernez : Les Pernez de Samarkande qui ſe trouverent les plus puiſſans, ſoumirent tous les autres : les dêcendans des autres Pernez en perdant l'authorité, ont conſervé le nom & la préeminence, & ſe ſont toujours depuis nommez Pernez, ou Princes par naiſſance. Les Goyars ſont ceux qui poſſedent les grandes Charges de l'Etat.

Le Prince Damilko étoit entré dans la conspiration. On avoit résolu d'assassiner le Cam ; mais pour y parvenir, il faloit gagner Kouchimen, qui couchoit aux pieds de son lit, & Damilko s'en chargea ; il le prit un soir en particulier. *Kouchimen*, lui dit-il, sans prendre de détours, *vous aimés ma fille ; Hà* Seigneur, lui dit-il, en se jettant à ses pieds, *je la regarde comme une divinité, qu'il est permis d'adorer. Ecoutés moi*, reprit Damilko, *il ne tiendra qu'à vous de l'épou-*

ser, & si vous voulés faire ce que je vous dirai, vous deviendrez si grand, qu'elle n'aura point de honte de se donner à vous; Je sçai d'ailleurs, qu'elle ne vous hait pas. Kouchimen à ces paroles si touchantes pour un amant, ne répondit que par une profonde humiliation & un silence de consentement.

Alors Damilko ne croyant rien hazarder en se confiant à un amant, dont il contentoit en même temps l'amour & l'ambition, lui découvrit la conspiration, & lui marqua la haine que tous les Ordres de l'Empire avoient pour le Cam, & les récompenses qu'il devoit attendre de la princesse Marinde ; *Vous couchés*, lui dit-il en l'embrassant, *aux pieds du lit de l'Empereur, il faut seulement nous ouvrir la porte de sa chambre, & laissez-nous faire ; mais Seigneur*, lui dit Kouchimen, *quand vous l'aurez tué, que deviendrons-nous ? sa Garde qui est dans son antichambre & au tour du Palais nous mettra en pieces. Non*, reprit Damilko, *ne craignez rien, nos mesures sont bien prises. Vous savez que le*

Prince Doloruko commandera la garde dans trois jours ; nous ne ferons l'execution, que quand nous ferons les maîtres du Palais.

Dans le temps qu'ils parloient ainsi, la Princesse Damilka entra dans la chambre ; le pere lui avoit donné le mot, & les laissa seuls. Elle se jetta d'abord entre les bras de Kouchimen (ces sortes de familiaritez ne sont pas de consequence en Tartarie, on y vit commodément) *si vous m'aimez*, lui dit-elle, *si vous voulez que je sois à vous, obeïssez à mon pere.*

Un amant peut-il résister à ce qu'il aime ; il promit tout.

Le soir l'Empereur qui n'avoit encore pû rien découvrir de la conspiration, ouvrit son cœur à Kouchimen ; il lui dit en confidence que les amis de la Princesse Marinde se réveilloient, & qu'il y avoit une conspiration : *Je trouverai les traîtres*, s'écria-t-il, *& je te ferai part de leurs dépoüilles, mon cher Kouchimen.* Ces paroles furent accompagnées deffets ; il augmenta ses pensions, & lui donna le gouvernement d'une Place considérable sur les frontieres de Gothie.

La nuit ne fut pas tranquille pour Kouchimen ; assassiner un si bon Maître lui parut une chose affreuse, mais la Princesse Damilka étoit adorable : l'esprit de Kouchimen, son honneur, sa raison, sa reconnoissance, ne pouvoient consentir à une action détestable : son amour ne pouvoit renoncer à la plus belle Princesse du monde. Il passa deux jours dans cette cruelle incertitude. Le moment fatal aprochoit ; les conjurez étoient tout prêts. Kouchimen étoit plongé dans une profonde mélancolie. Le Grand Cam qui l'aimoit, s'en apperceut, *Qu'as-tu*, lui dit-il, *mes bonnes graces ne sont-elles pas capables de te rendre heureux? Parle, je ne te refuserai rien.* Ces paroles prononcées si tendrement par un si grand Empereur, percerent le cœur de Kouchimen, & le déterminerent. Il se jetta aux pieds du Cam, lui avoüa la conjuration, & lui en apprit tout le détail ; *Si tu dis vrai*, lui dit le Prince, *je te ferai si grand, que tous mes Sujets te porteront envie, mais il faut me prouver ce que tu dis. Seigneur,* répondit Kouchimen, *il n'y a rien de si aisé ; je ferai venir dans ma chambre le Prince Damilko, vous vous cacherez, Seigneur, dans la grande armoire, où je mets mes robes de Martre Zibeline, & vous entendrez ce qu'il me dira : mais, Seigneur, promettez-moi de ne point faire mourir la Princesse. C'est un enfant,* lui dit le Cam, *& tu l'aimes, sa vie est en sûreté.*

Le lendemain veille de l'execution, le Prince Damilko vint au Palais faire ſa cour à l'ordinaire, & amena ſa fille avec lui: Kouchimen lui parut plus empreſſé que jamais, & le pria de trouver bon qu'il donnât le ſoir dans ſon appartement un petit régal à la Princeſſe. Il y conſentit, il avoit beſoin de lui, & s'y rendit à l'heure marquée. Le Cam averti étoit dans l'armoire. *C'eſt demain*, lui dit Damilko, *que vous ſerez mon gendre. Jour heureux*, s'écria Kouchimen; *mais je crains toûjours les Gardes de l'Empereur, ma vie doit être comptée pour rien, mais la vôtre, Seigneur, celle de la Princesse*.... Damilko lui repeta tout ce qu'il lui avoit déja dit des mesures prises, & pour l'assûrer davantage, lui nomma une partie des conjurez. L'Empereur en se voyant tant d'ennemis, trembloit dans son armoire. Kouchimen redoubla ses protestations à sa Princesse: On servit ensuite la colation, qui fut bien-tôt expediée: Damilko avoit des affaires, & ils se séparerent dans l'atente du lendemain.

Dés que le Grand Cam put sortir de sa niche, il vint embrasser son libérateur, & sur le champ fit arrêter les conjurez. Leur procés fut bien-tôt fait; la volonté de l'Empereur juste ou non, passe en Tartarie par dessus toutes les formalitez de Justice; ils furent arrêtez, & aussi-tôt éxecutez. Damilko mourut constamment, ainsi qu'en usent d'ordinaire les chefs de conjuration, sans savoir que Kouchimen l'avoit trahi: sa fille fut arrêtée, & mise dans un Couvent.

Voilà, Madame, la premiere cause de la fortune du Prince Kouchimen. Le

Cam lui prodigua les charges à la Cour, les emplois à la guerre, & des richesses immenses. Sa faveur lui donna le moyen d'adoucir la prison de la Princesse, qui lui témoigna plus d'amitié que jamais. Elle étoit bien persuadée qu'elle lui devoit la vie, & se voyoit seule épargnée de toute sa famille. Le Cam avoit éxercé sa vengeance sur tout ce qui appartenoit aux conjurez : l'âge & le sexe étoient de foibles sauvegardes contre sa fureur, & dans de si grands malheurs, la Princesse avoit

encore

encore la consolation de penser qu'elle devoit tout à son Amant.

Mais la grande élevation de Kouchimen arriva par un évenement, que vous serez bien aise de savoir. L'empereur au retour de ses voyages, avoit fait une ligue avec le Roi de Danie, & le Roi des Sarmates, contre le Roi des Gots : Ils étoient tous trois ses voisins, & ses perpétuels ennemis. Ils l'attaquerent tous trois en même-temps, persuadez, qu'ils accableroient aisément un Prince de dix-ſept ans, qui n'avoit encore aucune expérience. Mais il leur fit voir dés ſa premiere campagne, ce qu'il étoit, & fit juger de ce qu'il ſeroit un jour. Il comença la guerre par la Danie. La côte étoit défenduë par dix mille hommes. Il étoit ſur ſes Vaiſſeaux; il ſe jetta à la mer, le ſabre à la bouche, prit terre malgré les Daniens, les défit, s'avança à deux lieuës de la capitale du Royaume, & força le Roi de Danie à faire la paix aux conditions qu'il voulut lui preſcrire. Il remonte auſſi-tôt sur sa Flotte, passe en Bibonie, & avec dix-sept mille hommes défait cent mille Rousses, qui assiégoient la ville de Varan: & de là comme un torrent va attaquer le Roi des Sarmates, qui assiégoit la ville d'Agir, bat son armée, & l'oblige à se sauver en Sarmatie. Je m'arrête tout court; les faits heroïques de ce jeune Monarque méritent un autre Historien que moi.

Je reviens à Kouchimen; il avoit suivi le Cam dans toutes ses expéditions de Bibonie & de Sarmatie,

& s'étoit distingué dans toutes les occasions, lorsque le Prince en retournant à Samarkande, passa à Dobrinka ville du grand Duché de Bithanie, où il s'arrêta pour laisser reposer ses troupes. Il se promenoit une aprés-dînée dans un Couvent de Moines de saint Basile. Il vit dans le cloître des peintures de Martyrs. Il demanda au Prieur ce que c'étoit, *Seigneur*, lui dit le Prieur, *ce sont des Martyrs de nôtre Ordre*; mais reprit le Cam, *leurs boureaux sont habillez en Tartares.* Le

Prieur fut obligé d'en convenir. Le Cam aprés lui avoir dit beaucoup d'injures, lui coupa la tête d'un coup de ſabre. Les autres Moines ſe mirent à crier, il les fit maſſacrer par ſes Gardes. Cette éxecution ſi barbare faite en Bithanie païs ami, fâcha extrêmement les Perñez & les Goyars : pas un n'oſoit en parler au Cam, de peur d'un traitement pareil. Ils s'aviſerent de prier ſon fils, jeune Prince de quatorze ans, que le pere aimoit fort, de lui remontrer amiablement le tort qu'il ſe faiſoit par ces actions de cruauté, & l'injure qu'il venoit de faire à la République de Sarmatie. Le Cam entre auſſi-tôt en défiance, & ſe met en tête qu'il y a une nouvelle conſpiration, & que ſon fils à ſon âge n'eſt pas capable de lui tenir de pareils diſcours, s'ils ne lui ont été ſuggerez. Il ſe croit déja aſſaſſiné, & ſon fils ſur le trône. Alors s'abandonnant à toute ſa fureur, il fait appeller Kouchimen: *je ne me fie qu'à toi*, lui dit-il, *tu as fait tes preuves. Les Conjurez veulent m'aſſaſſiner, &*

mon fils en est. Va faire dresser un échafaut dans la grande Place, & à l'entrée de la nuit; fais-y couper la tête à ce fils ingrat & rebelle. Obeïs, Kouchimen, & sur la vie ne me réponds pas. Il connoissoit son Maître; il sortit dans l'instant pour aller éxecuter ses Ordres, quelques cruels qu'ils fussent. Il fit assembler la garde qu'il disposa au tour de la Place. On dressa un échafaut qu'on couvrit de deüil. Le Prince fut conduit dans une maison au bout de la place, vis-à-vis de celle où étoit l'Empereur pour y attendre l'heure de l'execution; tout pleuroit, peuple & soldats. La jeunesse du Prince & son innocence faisoient pitié. On murmuroit contre un pere barbare, & persone n'osoit s'opposer à ses volontez. Enfin la nuit venuë, & le moment fatal arrivé, le Prince alloit être conduit au supplice, lorsqu'un jeune Dragon à peu prés de son âge vint se jetter aux pieds de Kouchimen, & lui offrit de mourir pour lui. *Qu'on me donne,* lui dit-il, *les habits du Prince, je vais monter sur l'echafaut, j'accepte avec joïe la mort*

mort qu'on lui prépare. Il est nuit ; l'Empereur en voyant tomber ma tête, croira dans sa fureur, que c'est celle de son fils. Kouchimen & les Goyars ne combatirent point une résolution si généreuse. Le Dragon, dont le nom seroit ici, si je le savois, fut pris au mot ; on lui mit la veste Royalle, qu'il méritoit bien, on lui promit une gloire plus qu'éternelle ; il monta sur l'échafaut, & eut la tête tranchée, pendant que toute la Place qui croyoit que c'étoit le Prince, versoit des larmes, & retentissoit de sanglots.

Le Grand Cam appuyé ſur une fenêtre de ſa maiſon, vit de loin à la lueur des flambeaux cet horrible ſpectacle, qu'il ſoûtint avec une conſtance Neronienne, & ſe mit à table, où il demeura à boire juſque bien avant dans la nuit, étourdiſſant la nature avec le vin, & forçant ſes Courtiſans à témoigner de la joïe. Il s'alla coucher, mais il ſe réveilla en ſurſaut à la pointe du jour; *Kouchimen*, s'écria-t-il, *Kouchimen, où eſt mon fils, qu'on m'amene mon fils.* Kouchimen couchoit toûjours dans ſa chambre, & ne répondoit point : *Ah! Seigneur*, lui dit-il enfin, *ne vous souvenez-vous pas de ce qui se passa hier au soir ; Ah!* dit le Cam, *mon fils est mort, mon fils est mort*, & tomba évanoüi. On le fit revenir ; ce fut pour se désespérer. Il se leva en fureur, prit son poignard, & se le voulut mettre dans le corps. Kouchimen le saisit : *Seigneur*, lui disoit-il, *où est ce grand courage. Mon fils est mort*, crioit l'Empereur, *& c'est moi qui l'ai assassiné ; tu as beau faire, je veux mourir d'une façon ou d'autre ; je veux aller où est* *mon fils. Seigneur*, lui dit Kouchimen, *ne perdez pas courage, priez Dieu, il vous rendra votre fils. Il me rendra mon fils!* reprit l'Empereur, *& par où ai-je merité que Dieu fasse un miracle en ma faveur? Hé bien, Seigneur, le miracle n'est pas necessaire, vôtre fils est en vie: Nous avons trompé votre colere, & celui à qui vous avez vû couper la tête, étoit un jeune Dragon, qui a donné sa vie pour celle de son Prince; je vais vous amener votre fils.* L'Empereur demeura éperdu, hors de lui-même, & sans pouvoir parler. Le Prince entra un moment aprés, fondant en larmes, & se jetta aux pieds de son pere, qui n'étoit pas moins touché. Il ne put jamais proferer que ces paroles: *Ah mon fils, mon cher fils!* & depuis ce temps-là, il l'a toujours mené avec lui, & lui a fait rendre tous les honneurs dûs à l'heritier de l'Empire. On dit même qu'il le va marier à une Princesse d'Europe. Il embrassa cent fois Kouchimen, & lui donna toute sa confiance. Il fit rechercher les parens du jeune Dragon, & les combla de biens & d'honneurs.

Quelques jours aprés, le Prince Kouchimen voyant que son Maître étoit encore dans l'ardeur de la reconnoissance: *Seigneur*, lui dit-il, en se jettant à ses pieds, *vous m'avez tout donné; mais j'ose vous dire que vous ne m'avez rien donné. La Princesse Damilka est enferm. 'e dans un Couvent, pardonnez-moi, Seigneur, le crime qu'elle a commis, son pere l'y forçoit; elle n'avoit que quinze ans, & son amant paroissoit être de la conjuration. Mon ami*, lui dit l'Empereur en l'embrassant, *tu m'as sauvé la vie, tu m'as rendu mon fils, je pardonne tout, va chercher la Princesse, & l'amene ici, mais je ne la veux voir, que ta femme, ton nom lui rendra toute mon amitié.*

Le Prince Kouchimen partit aussi-tôt pour aller trouver sa Princesse, & lui annoncer leur bonheur. Ils étoient l'un & l'autre depuis quelques années dans une égale impatience : *Madame*, lui dit-il, *l'Empereur vous donne à moi, il ne tiendra qu'à vous d'être demain la Princesse Kouchimena.* Elle se mit à pleurer sans pouvoir proferer une seule parole; mais ses regards disoient assez ce qui se passoit dans son cœur. Le lendemain le Patriarche de Samarkande fit la cérémonie du mariage. Leur intelligence est parfaite; ils ont des enfans aussi aimables que pere & mere, & leur joie n'est troublée que par les larmes que le retour de chaque campagne fait verser à une femme assez heureuse pour regarder toujours son mari comme son amant.

Je finirai cette rélation comme on finit les Romans par un mariage, & je reserve à un autre temps le récit fidéle des actions héroïques du Prince Kouchimen, qui s'est acquis une gloire immortelle en éxecutant les Ordres de l'Empereur son Maître, qu'on peut mettre aussi au nombre des Héros Tartares.

DOM ALVAR DEL SOL.

HISTOIRE NAPOLITAINE.

LA paix de Nimégue, dont le Roi avoit prescrit les conditions deux ans avant qu'elle fût signée, montroit assez la puissance de ce Monarque, & sa modération. Tous les peuples las & fatiguez se reposoient à l'abri de son nom, la joïe & les plaiſirs étoient revenus en Europe, & chacun ſongeoit à joüir des douceurs de la vie, qu'une longue guerre avoit fort troublez, lorſque le Roi d'Eſpagne Charles II. pour affermir davantage l'amitié & l'alliance entre les deux Couronnes, fit demander Mademoiſelle en mariage : Elle lui fut accordée, & l'on en fit des réjoüiſſances publiques dans tous les Païs dépendans de la Monarchie d'Eſpagne.

Mais entre tous ceux qui ſe ſignalerent en cette

occaſion, le Marquis de Los Velez; Viceroi de Naples, fit voir dans les fêtes qu'il donna, le goût & la magnificence Eſpagnole. Il ſuivit en cela ſon génie naturel qui le portoit au grand, & fut auſſi ſecondé par une paſſion tendre que la Ducheſſe de M..... lui avoit inſpirée. Pour qu'une fête ſoit magnifique, galante, bien entenduë, bien ordonnée, il faut que l'amour s'en mêle.

Dés que le Viceroi eut la nouvelle, que le mariage du Roi ſon Maître avec Mademoiſelle avoit été célebré à Fontainebleau, il résolut de tenir Cour pleniére à la maniére ancienne, & de donner huit jours à la joïe publique ; & pour en faire les préparatifs, il fixa le jour que la fête devoit commencer, un mois aprés la publication. Toute la jeune Noblesse du Royaume y fut invitée. On fit savoir à tous, qu'il y auroit des courses de bague, des combats à la barriere, des courses de têtes, des feux d'artifices, des promenades sur la mer dans des chaloupes dorées, des cavalcades, où les Dames paroîtroient en Amazones, chacune acompagnée d'un Chevalier; que la Vicereine donneroit les prix, qu'il y auroit liberté entiére, que les banis même y pouroient venir en sûreté, que les Chevaliers & les Dames seroient masquez, s'ils vouloient, & ne se feroient conoître qu'au Viceroi, qui leur prometoit le secret.

Aussi-tôt on vit arriver à Naples une infinité de Seigneurs de tous les Etats d'Italie; Rome & Venise, où les Etrangers abondent ordinairement, se dépeuplerent, & tous les ouvriers de la Ville furent employez. Chaque Seigneur voulut avoir des devises, & des livrées particulieres; le Duc d'Atry, le Prince de la Riccia, le Duc de Matalone, le Prince de Montesarchio parurent avec l'éclat que demandoit leur naissance & leurs richesses. La veille de la fête le Viceroi dit à ces jeunes Seigneurs, dont il connoissoit la fierté, qu'un Etranger de ses amis entreroit avec eux dans la carriere sans dire son nom; mais qu'il leur répondoit, que sans

ſans ſe faire tort, ils pouvoient ſe meſurer avec lui, & qu'il ſe nommeroit pendant la fête Dom Alvar del Sol.

Le jour arrivé, on vit la grande Place de Naples diſpoſée à donner un beau ſpectacle; tous les balcons étoient tapiſſez, & pleins de Dames chargées de pierreries: la carriere pour courre la bague étoit à grands portiques, dont les pilaſtres étoient dorez à demi couverts de feüillages. On avoit fait autour de la Place des barieres à hauteur d'apui, où s'entassa un peuple inombrable. Il n'y avoit qu'une grande porte, que les Gardes du Viceroi ouvroient aux Chevaliers, à mesure qu'ils paroissoient avec leur suite. Ils avoient des livrées toutes differentes & toutes significatives. Chacun voyoit dans les balcons une Dame, qui n'avoit pas besoin d'être instruite du nom de celui qui entroit dans la Place ; son cœur l'en avertissoit assez. Quelques discrets que soient les Amans, on ne fait point un mois durant des préparatifs pour une fête galante, sans qu'il en échape quelque chose, lors qu'on voit tous les jours la persone pour qui on les fait : Or les Seigneurs Napolitains voïent tous les jours la persone qu'ils aiment ; c'est la mode du païs.

Les principaux Seigneurs qui devoient courre la bague, étoient déja dans la Place, & l'on se disposoit à commencer. On avoit admiré la magnificence du Prince de la Mirandole, la bonne mine du Duc d'Atry, l'habit simple & triste du Duc de

M..... qui par ſes armes noires ſans deviſe avoit fait ſoupçonner qu'il n'étoit pas content des galanteries du Viceroi, & qu'il ne paroiſſoit à la fête que par politique, lorſqu'on entendit un grand bruit de trompettes qui joüoient des fanfares; ſuivoient douze Maures qui menoient des chevaux de main, & qui précedoient un Chevalier armé à l'antique d'armes legeres, la viſiére abaiſſée, avec un écu à fond noir ſemé d'étoiles d'or, & dans un des quartiers de l'écu on voïoit peinte une grande lumiere avec ces mots latins *lucidior fugabit, une plus grande les effacera.* Le Cavalier par sa mine haute donna d'abord l'idée de quelque chose de plus grand, que tout ce qu'on avoit vû jusques-là : sa taille, son port, son adresse à manier son cheval, la grace avec laquelle sans découvrir son visage, il salüa la Vicereine, & ensuite les Dames ; tout de lui attira l'attention, & commença à gagner les cœurs. Le Viceroi dit que c'étoit Dom Alvar del Sol : mais quand on eut commencé les courses, & qu'il eut emporté toutes les bagues, les acclamations ne cesserent point, & le peuple qui rend justice, lui vit donner le prix avec joïe, sans avoir égard à la noblesse de son païs, qui se trouvoit humiliée par un Etranger.

Dom Alvar eut le même bonheur, ou pour mieux dire, la même adresse aux courses de têtes: rien ne lui résista dans les combats à la bariere, & pas un prix ne lui fut seulement disputé. Mais il eut encore de plus grands avantages dans les assemblées moins tumultueuses, & où l'esprit a plus de part. Le Viceroi avoit fait préparer vingt chaloupes fort dorées, dont les rameurs étoient habillez de tafetas bleu; il y avoit des canapez de velours, où les Dames étoient assises; les Chevaliers avoient des carreaux pour se mettre au pied des Dames; tout le monde étoit masqué, afin que la liberté fût plus grande. Les chaloupes s'avancerent hors du port; la mer étoit calme, & la retraite assûrée. Dom Alvar qui ſe laiſſoit conduire par le Viceroi, entra dans une chaloupe, où il y avoit cinq ou ſix Dames qui commencerent à l'ataquer de converſation; le maſque inſpire du courage. Sa bonne mine, ſa force, ſon adreſſe, lui avoient donné un air de Héros, qui lui attiroit tous les regards, & beaucoup de cœurs. Il leur répondit avec tant d'eſprit, & d'une maniere ſi polie, qu'elles connurent bien-tôt que les qualitez du corps qu'il avoit montrées dans les courſes, étoient peu de choſe au prix

prix des qualitez de l'ame. Il ne ſavoit à qui il parloit, ſi elles étoient belles ou laides ; mais il remarqua dans une de ces Dames une taille ſi noble, ſi dégagée, de ſi beaux cheveux, une gorge naiſſante, que le branle de la chaloupe découvroit de temps en temps, des yeux ſi brillans, qu'il s'attacha à elle préférablement aux autres, & ne la quitta plus, tant que la promenade dura. Elle dura juſqu'à la nuit : on ſembla reprendre le chemin de la Ville ; mais au lieu d'y rentrer, toutes les chaloupes se rangerent en demi-cercle, pour voir un feu d'artifice qui se perdit dans les nuës: On l'avoit placé sur le haut des Tours qui défendent le Port, afin qu'on le vît de plus loin. La simétrie y étoit observée; une Tour répondoit à l'autre, & à la fin toutes les Tours ensemble jetterent tant de feux, que les maisons & le rivage en furent éclairez. *La belle invention*, dit la Dame que Dom Alvar avoit presque toujours entretenuë, *de porter de la lumiere au milieu des Etoiles, & de faire en-*

trer du feu dans les abîmes de l'eau. J'ai toujours admiré des Vers qu'un Poëte François a fait là-dessus ; les voici.

Mille traits de flamme ar-
dente
Vers la Voûte étincelante
Poussent de brillans éclairs,
Et retombant sur la terre
D'un agréable tonnerre,
Frapent le vague des airs.

On les a traduits en Italien, ajoûta-t-elle, *pour me les faire entendre, & j'ai voulu les savoir dans la langue originale.*

Le lendemain, car tous les jours il devoit y avoir un divertiſſement, c'étoit la cavalcade ; toutes les Dames ſe rendirent chez la Vicereine en Amazones : tous les Chevaliers s'y trouverent auſſi, & chaque Dame devoit choiſir ſon Chevalier. Dom Alvar fut ſurpris & charmé, quand la Dame qu'il avoit entretenuë dans la chaloupe, le pria de lui donner la main, & d'être ce jour-là ſon Chevalier. Elle avoit un juſtaucorps de ſatin violet, ſemé d'étoiles d'or en broderie. Alvar crut d'abord qu'elle s'étoit souvenuë de la devise qu'il portoit dans son écu le jour des courses de bague; mais il rejetta bien-tôt une pensée si flateuse, & attribua tout au hazard. La cavalcade se passa fort bien; la saison & le beau temps favarisoient la fête.

Il ne restoit plus que le bal, pour lequel on faisoit de grands préparatifs dans le Palais. Il y avoit dix chambres éclairées, & l'on y trouvoit toutes sortes de divertissemens, des tables de jeu, de la musique, des concers de voix & d'inſtrumens, des eaux, des glaces, des liqueurs. Le café n'étoit pas encore fort à la mode; le thé étoit arrivé des Indes Orientales depuis vingt-cinq ans. Il y avoit auſſi une chambre deſtinée à la converſation, aux nouvelles, aux livres nouveaux, qui s'impriment par toute l'Europe.

Le lieu du bal étoit un grand ſalon doré: on avoit dreſſé des amphitéatres des deux côtez pour les Spectateurs; les Violons & les Muſiciens étoient dans une tribune. La Vicereine acompagnée de trente Dames toutes couvertes de pierreries, composoient l'Assemblée. Elles étoient à visage découvert, ainsi que les Seigneurs, qui les devoient faire danser: mais à minuit on devoit laisser entrer les Masques; & l'on avoit eu soin de leur garder des places pour éviter la confusion. Il n'y en a jamais dans les Assemblées qui se font à Naples.

A peine minuit sona, qu'on vit entrer cinq ou six bandes de Masques fort magnifiques. Dom Alvar n'y manqua pas, & dans le même tems entra aussi la Dame de la chaloupe ; leurs cœurs s'étoient donné rendez-vous, sans que leurs bouches s'en fussent mêlées. Leurs habits étoient plus galans que magnifiques. Ils se reconnurent d'abord (l'amour a les yeux bien perçans) & ne se quitterent plus. La Vicereine fit prendre à danser Dom Alvar, que tout le monde reconnoissoit à son air, à ses graces. Il reprit aussi-tôt sa Dame. Alors toute l'Assemblée comme de concert, n'eut attention que pour eux; on fit silence; les Violons eurent le plaisir de s'entendre, & l'on crut voir l'Amour, qui dansoit avec Psiché. Ils y prenoient plaisir, & ne finissoient point; & quoiqu'ils ne se fussent jamais veus, ils imaginerent ce qu'on peut imaginer de plus aimable, & crurent que ce qu'ils aimoient, passoit encore leur imagination.

Cependant le Viceroi s'en étoit allé pour écrire, disoit-il, en Espagne; mais c'étoit pour revenir masqué à son bal avec la Duchesse de M...... Il en étoit plus amoureux que jamais, & ne gardoit guéres de mesures. Le Duc de M..... par chagrin ne venoit jamais au bal; mais ce jour-là il se masqua, & voulut voir par lui-même, si sa jalousie étoit bien fondée. Il étoit déja entré, lorsque le Viceroi parut avec la Duchesse. C'étoit le secret de la Comédie. Un Viceroï n'est point amoureux *incognito*, & les Dames ne songent gueres à cacher une passion, qui les met à la tête de tous les plaisirs. Ils entrerent ensemble, se placerent dans les places honorables; la bonne Vicereine, ou par ſageſſe, ou pour être en droit de ſuivre l'éxemple, ne fit pas ſemblant de les voir. Ils danſerent enſemble, & ſe firent toutes les petites mines, que les Coquettes ont inventées. Ils n'en demeurerent pas là, & las de danſer, & du monde, ils chercherent la ſolitude, & paſſerent dans un cabinet. Alors le Duc de M...... ne fut plus maître de lui: le grand nombre de témoins l'avoit raſſûré; mais il trembla à la veuë d'un tête à tête ſuivi de tant de marques d'une tendresse reciproque. Il se leva comme un furieux, & courut à la porte du cabinet, qu'il trouva fermée. Il heurte, il la veut enfoncer, il met l'épée à la main; il s'étoit fait suivre de quatre Gentils-hommes, qui en firent autant. Les Dames crient; les bans sont renversez; tout le monde parle ensemble; les Gardes du Viceroi arrivent; tous ceux qui avoient des épées, les mettent au vent; chacun jette son masque pour voir ce qu'il faisoit. Dom Alvar sans savoir d'où venoit le tumulte, s'aprocha de sa Dame, & pour la premiere fois lui laissa voir un visage tel qu'on se le feroit, si l'on étoit en pouvoir de se le faire à sa fantaisie. Un beau tein, de grands yeux noirs, des paupiéres noires, épaisses, une bouche petite & incarnate. On peut juger de la joïe de la Dame : *Je ne crains plus rien*, lui dit-elle tout bas, *puisque vous êtes auprés de moi.* Ces paroles donnerent du courage à Dom Alvar. *Madame*, lui dit-il, *parmi ce petit bruit de guerre, qui passera bien-tôt, n'aurai-je point la consolation de vous voir? Non*, lui répondit-elle, *il n'est pas encore temps; mais vous aurez demain de mes nouvelles.*

Le Viceroi, au premier bruit qu'on avoit fait à la porte de son cabinet, avoit fait sortir par une porte secrete la Duchesse de M...... qu'on avoit remenée chez elle. Il s'étoit douté de l'incartade du mari, & avoit envoyé l'ordre à ses Gardes de ne faire aucune violence. Il sortit lui-même un moment aprés avec des lettres à la main, qu'il feignoit d'écrire au Roi d'Espagne, & dit que dans un autre jour il ſauroit punir une pareille inſolence ; mais qu'il ne veuloit pas ſeulement connoître les Maſques. Ainſi tout fut apaiſé ſans effuſion de ſang, & chacun retourna chez ſoi raiſoner ſur ce qui venoit d'arriver.

Le lendemain une eſpece de Valet de chambre vint trouver Dom Alvar de la part de l'Inconnuë, pour lui dire qu'à l'entrée de la nuit, il le meneroit dans une petite ruë, où il parleroit à la Dame à une fenêtre baſſe & grillée. Alvar ne ſe fit pas prier

deux fois, & se laissa conduire. A peine fut-il arrivé au lieu marqué, que son Guide s'en alla; la fenêtre s'ouvrit, & la Dame parut habillée magnifiquement, mais toujours masquée:
» Hé bien, Seigneur, *lui*
» *dit-elle*, je vous tiens paro-
» le; & moi, Madame, je me
» suis laissé conduire où l'on
» a voulu; l'amour ne craint
» rien. Mais, Madame, vous
» me voyez, & je ne vous
» vois pas. Voulez-vous
» combattre avec tant d'a-
» vantage? Et n'êtes-vous
» pas encore plus assûrée de
» vaincre en me montrant

ce

ce que la nature a jamais «
formé de plus beau ? Vous «
vous trompez peut-être, «
Alvar, je hazarderois trop «
en me faisant voir, & nous «
ne nous connoissons pas «
encore assez pour surmon- «
ter de petites difficultez, «
qui se trouveront peut- «
être à nôtre chemin. Une «
laison qui doit durer toute «
la vie, ne se doit pas faire «
legerement. Ah, Mada- «
me, plaignez mon état, & «
le soulagez ; je ne vous ai «
jamais veuë, & je ne sai «
pas même vôtre nom. Hé «
bien, Seigneur, je veux «
bien que vous en sachiez «

» de moi autant que j'en sai
» de vous. Je ſai que vous
» vous appellez Dom Alvar ;
» mais ce n'eſt point votre
» veritable nom. Il eſt vrai
» que le Viceroi aſſûre que
» vous êtes d'une grande
» naiſſance, & je n'ai pas de
» peine à le croire, & que
» vous ſerez un jour fort ri-
» che ; c'eſt dequoi je me
» ſoucie fort peu. Aprenez
» donc que je m'apelle Dia-
» na delle Stellé ; que je ſuis
» fille ; que je n'ai ni pere,
» ni mere ; que ma naiſſan-
» ce répond à la votre, &
» que je ſuis maîtreſſe d'un
» grand bien, que je puis

partager avec vous, si nos «
esprits, nos humeurs, nos «
inclinations s'acordent, si «
enfin je connois dans les «
conversations, que nous «
aurons ensemble, que nous «
soyons faits l'un pour l'au- «
tre. Que faut-il faire, Ma- «
dame, pour vous le prou- «
ver ? Il faut vous retenir «
quelque temps sur l'envie «
que vous avez de me voir. «

Jusques-là la conversation s'étoit faite en Italien. Diana delle Stellé, lorsqu'elle avoït dit quelques Vers François à l'occasion des fusées volantes, en avoit presque fait des excuſes, de peur qu'on ne crût qu'elle ſavoit cette Langue; mais alors elle parla François ſans ſe contraindre. Dom Alvar lui répondit en la même Langue: » Comment, Seigneur, *lui dit-elle avec ſurpriſe*, vous parlez François auſſi-bien qu'Italien. Madame, j'ai voyagé dans toute l'Europe, & même plus long-temps en France que dans les autres Païs. La Langue Françoiſe a quelque choſe de doux, de naturel, rien de forcé, une prononciation aiſée, nulle tranſpoſition, des expressions simples, qui " suivent l'esprit de celui qui " parle, & qui ne font aucune peine à celui qui écoute; je me suis attaché à l'aprendre. Les Dames Françoises la savent parfaitement, & mieux que les hommes; & comme elles sont fort polies, & qu'elles ne sont pas fâchées de plaire, ce sont elles, qui me l'ont aprise. La France est le païs du monde où les Etrangers sont le mieux receus. A ces paroles, Diana sentit un petit mouvement de jalousie rétroactive, (s'il m'est permis de

» me ſervir de ce terme.) Je
» ne doute point, Seigneur,
» *dit-elle à Dom Alvar*, que
» vous n'ayez été bien receu
» par tout où vous avez été;
» quand on eſt fait d'une cer-
» taine façon.... Il eſt vrai,
» Madame, qu'on m'a traité
» par tout avec quelque di-
» ſtinction; mais jamais cela
» n'a paſſé l'eſtime & l'ami-
» tié; les deſtins gardoient
» mon cœur pour une plus
» noble Conquête. Eſt-il
» poſſible, *reprit-elle en ſoû-*
» *riant*, & ſerois-je bien aſſez
» heureuſe pour vous apren-
» dre, ce que je ſens bien, que
» vous m'aprenez. Ils euſſent
pouſſé la converſation plus

loin, si Diana n'avoit été avertie par une de ses femmes, que la nuit s'avançoit. Ils ne s'étoient pas ennuïez; ils se séparerent avec promesse de se retrouver le lendemain au même lieu, & à la même heure.

Quand Dom Alvar fut retourné chez lui, il réfléchit sur la conversation, qu'il venoit d'avoir avec Diana, & lui trouva tant d'esprit, & d'agréement, qu'il se crut capable de l'aimer, quand même son visage ne répondroit pas au reste de sa persone. Il se flata qu'elle avoit pris le nom de Diana delle Stellé, à l'imitation de la devise, qu'il avoit portée dans son écu le jour des courses de bagues, & cette pensée lui fit grand plaisir; il voyoit par là qu'il ne lui étoit pas indifferent. La robe du bal lui revint aussi à l'esprit.

Les heures sont bien longues pour les Amans, quand ils attendent un Rendez-vous. Ils n'y manquerent pas, & parlerent toujours François. » Je n'ai » point été en France, *dit* » *Diana;* mais j'ai une Biblio- » theque Françoise que j'ai- » me mieux que ma Biblio- theque

theque Eſpagnole, & mê- «
me que l'Italienne. Les «
Vers François ont pour «
moi un agréement infini; «
les Tragedies de Corneil- «
le, & celles de Racine, me «
charment; les unes éle- «
vent mon eſprit, les autres «
attendriſſent mon cœur. «
J'y trouve des conſolations «
à tout; nous en aurons «
peut-être beſoin, Dom «
Alvar, ſi nous ſommes for- «
cez de nous dire tendre- «
ment, mais triſtement. «

Si l'injuſte rigueur de notre
deſtinée
Ne permet point l'eſpoir

d'un heureux Himenée,
Il eſt un autre amour, dont
les vœux innocens
S'élévent au deſſus du commerce des ſens;
Plus la flâme en eſt pure,
& plus elle eſt durable.
Il rend de ſon objet le cœur
inſéparable;
Il a de vrais plaiſirs, dont
ce cœur eſt charmé,
Et n'aſpire qu'au bien d'aimer, & d'être aimé.

» C'eſt quelque choſe,
» Madame, *reprit Alvar*,
» c'eſt beaucoup d'aimer, &

d'être aimé : mais quand « cela ne touche que la superficie de l'ame, il est bien « dangereux que cela ne s'évanoüisse bien-tôt ; il faut « un peu de solide pour soutenir les beaux sentimens : « Que je ne puis-je, Madame, dire de vous ce que « Titus disoit de Berenice. «

Enfin tout ce qu'Amour a de
nœuds plus puissans,
Doux reproches, transports
sans cesse renaissans,
Soins de plaire sans art, crain-
te toujours nouvelle,

Beauté, gloire, vertu je trouve tout en elle.

Vous n'oseriez achever, *interrompit Diana*, parce que vous ne m'avez point vûë, & moi j'acheverai.

Je sens tout mon bonheur, chaque jour je le vois,
Et crois toujours le voir pour la premiere fois.

Ces conversations étoient vives ; l'envie de plaire les animoit ; l'esprit n'alloit point terre à terre, toujours dans la moyenne région : Si Dom Alvar, à la moindre parole de l'Inconnuë, vouloit faire un couplet de chanſon, elle l'achevoit avant lui : s'il commençoit un Madrigal, elle lui en fourniſſoit la pointe ; rien ne languiſſoit entre eux ; les heures leur paroiſſoient des momens.

Mais aprés avoir parlé Italien & François, Diana delle Stellé parla Eſpagnol, & Dom Alvar lui répondit comme un homme qui auroit été élevé en Caſtille : Ho pour cela, *s'écria Diana*, je ne ſai plus où j'en ſuis : Je me flatois de con-

» noître de quelle Nation
» vous êtes ; mais vous par-
» lez également bien toutes
» les Langues ; avoüez-le
» moi, si vous êtes Italien,
» je n'en serai pas fâchée, je
» suis Italienne. Si vous êtes
» François, je le crains ; c'est
» une Nation aimable, mais
» legere dans ses amours : &
» si vous m'aimez une fois,
» je veux que vous m'aimiez
» toujours. Enfin, avoüez-
» moi, si vous êtes Espagnol,
» je le souhaite, vous m'en
» serez plus fidele. Est-il ju-
» ste, Madame, que je vous
» dise tout, & que vous ne
» me disiez rien : Soyez sûre

ſeulement, que ſi je ſuis « deſtiné à vous ſervir toute « ma vie, j'aurai toujours « pour vous la galanterie « Françoiſe, & la fidélité Eſ- « pagnole; vous me ferez « part des bonnes qualitéz « des Italiens; je ne veux pas « imaginer qu'ils en puiſſent « avoir de mauvaiſes. «

Un mois ſe paſſa, ſans que Dom Alvar manquât un ſeul jour au Rendez-vous: Ces Amans étoient charmez des grandes qualitez, qu'ils remarquoient dans la perſone aimée. Ils traitoient chaque ſoir de nouveaux ſujets, & s'étonnoient mutuellement de ne ſe pouvoir rien aprendre l'un à l'autre. » Madame, *dit un ſoir Dom Alvar*, » j'ai envie de vous faire une » queſtion, qui partageoit » toute la Cour de France, » lorſque j'y paſſai. Je le veux » bien, *répondit Diana*, mais » à condition que je ne la » déciderai pas. Je m'en vais » vous la faire, *reprit Dom* » *Alvar*, de la maniére » qu'on la propoſa dans une » Aſſemblée célébre qui ſe » tenoit deux fois la ſemaine » dans le Grand Pegazidor. » Le Maître de ce beau lieu » y attiroit par ſes maniéres nobles & polies, les Savans & les Curieux de la plus grande Ville de l'Europe.

Question proposée dans le Grand Pegazidor.

Il y a dans la Mer Atlantique deux Isles fort différentes; l'une est l'Isle de la Laideur, l'autre est l'Isle de la Beauté. Je vous avertis, Madame, que les Destins ordonnent que vous alliez passer le reste de votre vie dans l'une de ces deux Isles. Vous aimeriez peut-être mieux demeurer où vous êtes; mais il n'est pas à votre liberté : il faut choisir, & partir dans une heure ; le vaisseau qui vous doit porter, est prêt à mettre à la voile.

Dans l'Isle de la Laideur, beaucoup de laideur, de désagréement, de stupidité, d'ignorance, & de grossiereté.

Dans l'Isle de la Beauté, baucoup de beauté, de graces, d'esprit, de savoir, & de politesse.

Rien ne manquera dans l'une & dans l'autre Isles pour toutes les commoditez de la vie ; on ne considére ici que la difference qui naît de la ſocieté.

Iſle de la Laideur.

Dans l'Iſle de la Laideur vous ſerez Reine, la premiere en tout, & de beaucoup la premiere. Vous êtes belle, Madame, & eſtimable par bien des côtez; mais vous paroîtrez encore aux Habitans de cette Iſle, infiniment au deſſus de ce que vous êtes. Ils vous regarderont comme une beauté Angelique, ils n'auront jamais rien entendu de ſi agréable, de ſi ſenſé, de ſi juſte, de ſi ſublime, que les choſes les plus communes que vous leur direz, ils auront assez de goût pour être charmez de ce qu'il y a en vous d'aimable; ils auront assez d'esprit pour admirer le vôtre.

Ils se recrieront sur toutes vos pensées, sur vos maniéres gracieuses; ils vous écouteront; ils vous respecteront comme une Divinité; ils vous aimeront tous jusqu'à l'adoration; vos volontez seront toutes exécutées avec une joïe & une promptitude merveilleuse, autant qu'ils seront capables de les exécuter avec leur peu d'eſprit. Voilà le beau côté. Voici le déſagréable.

Vous ſerez continuellement admirée ; mais de qui? Imaginez-vous, les plus ſots Païſans, ce ſeront vos Officiers, vos Courtiſans, & vos Miniſtres. Ils ne ſeront vos admirateurs perpétuels, qu'à cauſe de la grande diſtance qu'il y a entre vos qualitez, & les leurs.

Vous ſerez admirée ; mais de qui ? De gens vieux, laids, malfaits. Vos filles d'honneur vous paroîtront comme ſi elles avoient ſoixante & quinze ans ; tous vos Sujets auront beaucoup de déſagréement dans la figure, dans l'eſprit, & dans les maniéres. Vous les mépriſeriez fort, s'ils ne vous eſtimoient infiniment ; vous les fuïeriez, s'ils ne vous aimoient pas à la folie ; vous ne daigneriez pas leur parler, ſi vous ne voyiez la joïe extrême qu'ils auront de vous voir, & de vous entendre.

Enfin ce ſont gens, pour qui vous ne ſauriez ; ce ſemble, jamais avoir d'inclination ; mais ils ſeront assez simples, & en même-temps assez heureux, pour espérer d'arriver un jour à ne vous être pas entiérement indifférens: Et effectivement, il n'est pas tout-à-fait impossible que votre reconnoissance pour le parfait amour de quelqu'un d'eux, ne ressemble un jour aux foibles commencemens d'une légére inclination.

Dans cette Isle le goût de l'inclination, le goût de sentir ce qu'il y a d'aimable & d'estimable dans les autres, ce goût qui fait une grande partie des plaiſirs qui naiſſent de la ſocieté, ce goût, dis-je, n'y ſera point ſatisfait: Vous n'y ſentirez que le goût de la ſupériorité, & celui-ci même n'y ſera gueres ſatisfait. Car quel plaiſir de n'être admiré, que par des Courtiſans auſſi ſtupides, auſſi groſſiers? Nous aimons la diſtinction; mais nous ne la goûtons bien, que parmi ceux qui ſont nos pareils en quelque choſe, ou parmi ceux qui nous étant ſupérieurs d'un côté, nous paroiſſent, ou égaux, ou inférieurs de quelqu'autre côté: Or quelle

quelle distinction à sentir parmi des gens qui sont, & qui se reconnoissent si inférieurs en tout. Ce séjour pouroit bien vous être ennuyeux, quand vous penserez que c'est pour le reste de votre vie.

Isle de la Beauté.

Dans l'Isle de la Beauté, les choses seront bien différentes; & quelques charmes qui soient en votre persone, vous vous sentirez la derniere de l'Isle, au jugement même de votre amour propre.

Vous serez surprise continuellement de l'éclat des diverſes Beautez que vous y rencontrerez. Les plus vieux n'y paroiſſent que vingt ans. Ce que vous avez vû de plus beau, de plus gracieux à la Cour, à Paris, dans les Provinces, eſt infiniment au deſſous de ce que vous verrez là. Vous ſerez également étonnée de l'agréement, de la juſteſſe, & de la ſublimité d'eſprit, qu'ils vous feront ſentir juſque dans leurs diſcours les plus ordinaires : Ils vous plairont tous, chacun dans leur caractére ; Imaginez-vous des Anges en toutes ſortes de perfections.

Votre goût pour tout ce qui eſt digne d'être aimé, ſera parfaitement ſatisfait ; votre eſprit ſentira tous les jours, & continuellement, le plaiſir de l'admiration. Voilà le beau côté. Voici le déſagréable.

Telle que vous êtes, vous ſerez la derniere de l'Iſle pour l'eſprit, & pour la figure, & de beaucoup la derniere ; & ce ſera même cette grande diſtance qui fondera votre admiration perpétuelle.

Telle que vous êtes,

vous leur paroîtrez comme une sotte Païsanne, laide, ignorante, grossiére dans les maniéres. Ils vous mépriseroient fort, si vous ne les estimiez infiniment; ils vous fuïroient, s'ils ne savoient pas que c'est votre félicité de les voir, & de les entendre. Voilà comme ils seront pour vous; mais vous serez assez simple, & pourtant assez heureuse pour avoir une sorte d'espérance d'arriver un jour à leur plaire. Et effectivement, si dans l'Isle de la Laideur quelqu'un de vos Sujets peut un jour parvenir à vous plaire tant ſoit peu, vous pourez de même dans l'Iſle de la Beauté parvenir un jour par votre complaiſance, par vos ſervices, par votre amour, & ſur-tout par un ſilence reſpectueux, à plaire un peu à quelqu'un de ces Anges.

Comme ceux de l'Iſle de la Laideur, en vous voyant, en vous écoutant, ſeront ſi occupez du plaiſir de vous voir, & de vous entendre, qu'ils ne ſongeront preſque pas à la diſtance qu'il y a d'eux à vous pour le mérite, & à ce qui leur manque pour vous plaire ; aussi vous serez si étonnée de ce que vous verrez, & de ce que vous entendrez dans l'Isle de la Beauté, que vous ne songerez presque pas combien ces Anges visibles sont au dessus de vous, & par conséquent combien vous êtes au dessous d'eux, & combien il vous manque de choses pour leur plaire. Ils vous traiteront avec la même douceur, & la même bonté que vous traiterez les Habitans de l'Isle de la laideur ; ils parleront devant vous, & répondront à vos queſtions ſans peine, & même avec quelque plaiſir, parce qu'il y a toujours quelque ſorte de plaiſir à être admiré des plus ignorans.

Dans l'Iſle de la Beauté, le goût de la gloire, de la diſtinction, de la ſupériorité, qui fait la meilleure moitié du plaiſir de la ſocieté, ne ſera point du tout ſatisfait : au contraire, il y ſera mortifié; & vous y ſentiriez fort cette mortification, ſi votre ſenſibilité n'étoit pas un peu occupée par le plaiſir de l'inclination; mais ce goût de l'inclination ne sera pas fort satisfait, puisqu'il vous manquera le plaisir du réciproque.

Pour laquelle des Isles vous embarquez-vous ? Il faut partir, Madame, dans une heure, je vous l'ai déja dit ; on ne vous permet pas une plus longue délibération.

» Hà, Dom Alvar, *s'écria*
» *Diana*, je m'en étois bien
» doutée, je ne déciderai
» point ; il me vient dans
» l'esprit cent raisons toutes
» bonnes, & qui ne laissent
» pas de se détruire les unes
» les autres. Il faut pourtant

vous

vous embarquer, Madame, les Destins l'ordonnent; on ne leur résiste point. Hé bien donc, puisqu'on m'y force, allons dans l'Isle de la Beauté. Si je n'y suis pas aimable, j'y aurai le plaisir d'aimer, n'est-ce pas assez; & il m'a paru même que vous m'y laissez encore quelque rayon d'espérance.

Un autre soir Dom Alvar s'avisa de parler de Musique. Il n'en avoit pas oüi dire un mot à Diana; & quand il eut commencé le discours, il s'en repentit, & crut avoir fait une indiſcrétion. Mais elle lui en parla dans les termes de l'art, & avec tant de capacité, qu'il vit bien qu'elle en ſavoit autant que lui. Ils traiterent de la différence des Opéra François & des Italiens; peſerent les génies de Lully, & de Corelli; admirerent la force de la Muſique Italienne, & loüerent la douceur de la Muſique Françoiſe. J'avoüe, *dit Diana*, » que les petites Chanſons » Françoiſes ſont au deſſus » des Eſpagnoles & des Ita- » liennes. Y a-t-il rien de » plus joli que ces paroles, qu'elle chanta avec une « voix ravissante.

Un tendre engagement va
plus loin qu'on ne pense,
On ne voit pas lorsqu'il commence,
Tout ce qu'il doit coûter un jour ;
Mon cœur auroit encor sa premiere innocence,
S'il n'avoit jamais eu d'amour.

Si j'osois, Madame, j'au- « rois la réponse toute prê- « te. Osez, Seigneur, osez, « & même je vous en prie. «

» Je vais donc, Madame, » vous dire quelques Vers » du même Opéra. Non, » Alvar, vous les chanterez, » s'il vous plaît, & je suis as- » sûrée que vous les chante- » rez fort bien. Il y a déja » quelque temps que je suis » en campagne pour vous » trouver en défaut, & je » vois que vous savez tout, » mais je ne me rends pas » encore. Dom Alvar chan- » ta les Vers suivans.

Esperez de former de plus
aimables nœuds,
Une cruelle expérience

Vous aprend que l'amour est
un mal dangereux,
Mais l'ennuyeuse indiffé-
rence
Ne rend pas un cœur plus
heureux.

Non, non, *s'écria Diana*, il faut que toutes les chansons du monde cédent à celle-ci. Vous me la faites chanter souvent, Dom Alvar, car je vous atends toujours; & quoique l'heure, dont nous sommes convenus, ne soit pas encore arivée, je la préviens tous les soirs, &

vous accuſe injuſtement ; mais j'ai le plaiſir de chanter.

Non , ſon amour n'eſt point extrême ,
Faut-il qu'il trouve ailleurs tant de ſoins importans ;
Il n'ignore pas que je l'aime ,
Il doit ſonger que je l'atens.

» Mais , Madame , *reprit*
» *Dom Alvar* , comment eſt-
» il poſſible que vous ſachiez
» toutes les fineſſes du chant
» François , n'étant jamais
» ſortie des environs de Na-
» ples ? J'ai paſſé ſix mois à
» Paris , & preſque tous les

jours j'ai entendu chanter « des Cotaux. Je me ſuis at- « taché à ſa maniere, & vous « l'avez, Madame, ſans l'a- « voir jamais étudiée. Vous « avez de grandes obliga- « tions à la nature, qui vous « a fait toute parfaite.

Quand Diana ſe fut aperceuë, que Dom Alvar aimoit la Muſique, elle réſolut de lui donner le jour ſuivant un petit Concert, dont elle feroit tous les frais. Elle fit placer un Claveſſin auprés de ſa fenêtre, & lorſqu'il s'y atendoit le moins, elle commença à en joüer d'un air à faire taire Mademoiselle Hulot. Je ne saurois donner ici une plus riche comparaison. Une legereté de main, des cadences nouries, des préludes faits sur le champ, qu'on eut pris pour des Piéces du vieux Couprin. Tout cela se faisoit sans lumiére. Elle voulut faire davantage, & fit aporter des Livres d'Opéra François, & Italiens, qu'elle acompagnoit à livre ouvert, & en chantant les paroles; ce que les plus habiles Maîtres ont bien de la peine à éxécuter. Et comme elle ne vouloit pas encore se faire voir à Dom Alvar, elle fit mettre un paravant entre la fenêtre & les lumiéres, qui éclairoient le Clavessin. Elle cherchoit toujours dans les Opéra des paroles qui eussent raport aux sentimens de son cœur; & comme un soir elle atendoit son Amant à sa fenêtre, qui étoit entre ouverte, elle se mit à chanter ces paroles.

Cet Inconnu si généreux
Ne me parut que trop aimable;
Il m'en revient sans cesse une image agréable,

Qui me plaît plus que je ne
veu.

Diana ne croyoit pas que Dom Alvar fût si prés d'elle. Il l'écoutoit avec ravissement, & s'aperceut qu'elle voltigeoit dans les Opéra, & qu'elle repetoit cinq ou six fois.

Aimons, aimons Alvar, aimons sa gloire extrême ;
Mais qui me répondra qu'il m'aime?

Il ne fut plus au pouvoir d'Alvar de garder le

silence. *C'est moi, Madame*, lui dit-il en s'aprochant de la grille, *c'est moi.* Son arivée interrompit la Musique, & l'on parla Prose plus intelligiblement, qu'on n'avoit encore fait.

Ils en étoient là, lorsque Dom Alvar qui étoit dans l'obscurité, se sentit saisi par quatre ou cinq hommes, qui le prirent par les bras, sans qu'il pût résister, & le menerent au bout de la petite ruë, où il trouva un Carosse à six chevaux, & trois ou quatre hommes à cheval. On le fit monter dedans, en lui disant qu'il n'avoit rien à craindre, & qu'on ne vouloit lui faire que du bien. Il étoit une heure aprés minuit. Le Carosse sortit de la Ville, & marcha assez vîte jusqu'au grand jour. Il y avoit trois hommes dans le Carosse avec Dom Alvar, qui lui vouloient persuader que sa fortune étoit faite. Enfin ils aperceurent un Château magnifique bâti à la moderne. On lui dit que c'étoit là qu'on le menoit, & que la Princesse le recevroit fort bien. A mesure qu'on aprochoit, Alvar découvroit des avenuës d'une longueur extraordinaire. On arriva enfin à un grand Pont-levis, que quatre Suiſſes abaiſſerent. On entra dans une Anticour en ovale, entourée de foſſez pleins d'eau vive, bordez par des Maroniers. On retrouva un ſecond Pont-levis encore gardé par quatre Suiſſes ; ce qui fit juger à Dom Alvar que la Dame du Château étoit une grande Dame. Le ſecond Pont-levis paſſé, le Château ſe préſenta au bout d'une grande Cour. Il étoit composé d'un gros

Pavillon de pierre de taille acoté de deux autres Pavillons un peu moins gros. On voyoit au haut de tout le Bâtiment un Dome à jour, dont les pilaſtres, & la couverture étoient dorez.

Dés que le Caroſſe fut arrêté, ſix belles Demoiſelles ſe préſenterent ſur le haut du Perron, & prierent fort gracieuſement Dom Alvar d'entrer dans le Salon. Il perçoit tout le Bâtiment, & étoit ouvert également par de grandes Arcades du côté de la Cour, & du côté du Jardin. Il jetta l'œil ſeulement ſur un Parterre de gazon & de fleurs, borné par un Bois, & entouré d'un grand Foſſé d'eau courante. Une Baluſtrade de pierre de taille regnoit des deux côtez, avec des Statuës de bronze d'eſpace en eſpace. On le conduiſit dans un Apartement, qu'on lui avoit préparé. Il trouva dans une des Antichambres un Déjeuné, qu'on eut préſenté à un grand Roi au retour de la chaſſe. Les belles Demoiſelles étoient demeurées ſeules auprés de lui, & le preſſerent de ſi bonne grace de manger, qu'il le fit, sans se faire prier davantage. Elles le quitterent ensuite, & céderent la place à des Valets de chambre, & à des Pages, qui le menerent dans la chambre du lit, & s'empresserent à le deshabiller. Il s'y trouva une toilette, des miroirs, des robes de chambre d'étoffes d'or, & tout ce que peut souhaiter une délicatesse magnifique. Il n'étoit que six heures du matin. Dom Alvar avoit marché toute la nuit l'esprit fort inquiet. Il avoit besoin de repos. Il se ſe coucha, ne ſachant que juger de l'avanture qui l'atendoit. Il ne voyoit rien que de fort naturel dans tout ce qui ſe paſſoit; Et quoique ce Château lui parût d'une beauté ſurprenante, il ne faloit point encore avoir recours aux enchantemens.

Le jour, qui étoit devenu nuit pour Alvar, ſe paſſa fort tranquillement. Aucun lutin ne vint troubler ſon repos. Ses Pages le veilloient; & dés qu'il ſoupira, ils ſe préſenterent pour l'habiller. Auſſi-tôt les ſix belles Filles revinrent, &

lui demanderent, ſi aprés ſon dîner, il voudroit bien rendre viſite à la Princeſſe. Il répondit que ce ſeroit pour lui beaucoup d'honneur, & que quand on l'avertiroit, il iroit recevoir ſes ordres.

Enfin le moment arriva. On le conduiſit dans un Apartement encore plus magnifique que le ſien. Il paſſa cinq ou ſix chambres, & parvint à un Salon de miroirs. Il y vit un Dais en broderie d'or, & ſous le Dais dans un fauteüil, une Dame moins parée de ſes pierreries, que de ſa bonne mine. Elle étoit maſquée. *Aprochez, Seigneur Dom Alvar*, lui dit-elle avec un ſon de voix qu'il crut reconnoître : & ſi la Princeſſe n'avoit graſſeyé en parlant, il eut cru entendre ſa Diana delle Stellé. » Aprochez, & vous « aſſeyez auprés de moi. Je « vous aime, Alvar, ne vous « étonnez point des avances « que je vous fais; votre mé- « rite les juſtifie. Vous avez « emporté mon cœur avec « les prix des courſes : & ſi je « ne vous parlois la premie- « re, le reſpect fermeroit la « bouche d'un Etranger. Le «

» Viceroi m'a répondu de
» votre naissance; je connois
» le reste, & j'en suis con-
» tente. Je suis Princesse,
» Fille, Maîtresse de ce Châ-
» teau, & de beaucoup d'au-
» tres. Je veux tout partager
» avec vous : mais aussi je
» prétens posseder votre
» cœur tout entier. Je sai
» que vous aimez à Naples
» une persone indigne de
» vous. Elle a quelque es-
» prit, je l'avouë; mais elle
» a raison de vous cacher son
» visage, & si de tous les au-
» tres côtez elle n'oseroit me
» rien disputer, je doute que
» sa beauté égale la mienne,

quelque médiocre qu'elle « soit ; jugez-en vous-même. « En disant ces paroles, elle ôta son masque, & fit voir un visage, dont on n'oseroit entreprendre la description. Tout ce que les Peintres les plus gracieux, les Caraches, les Albanes, ont imaginé pour Venus, la blancheur du teint, la vivacité & la lumiére des yeux, l'incarnat des lévres, le coloris des jouës, la juste proportion des traits, un air noble, & tout ensemble enfantin, la majesté & le mignon, tout s'y remarquoit dans le suprême dégré d'excellence. Dom Alvar en fut ébloüi, sans en être touché. Il regarda la Princesse comme un beau tableau, & la traita de même. L'admiration fut son partage. L'Amour défendit son Inconnuë. » Madame, *lui* » *dit-il*, plus vous êtes ado- » rable, plus je me sens indi- » gne de vous adorer. Mon » cœur n'est plus à moi. Il est » demeuré à Naples ; & je » n'ai à vous offrir que ma » vie pour vous venger d'un » aveugle, qui veut toujours » l'être, & qui préfére son » aveuglement à l'Empire de l'Univers. Mais Alvar, « *reprit la Princesse*, songez- « vous bien à l'affront que « vous me faites, & ne crai- « gnez-vous point la ven- « geance des femmes ? Mais « non, vous n'avez rien à « craindre de moi. Je vous « pardonne tout. L'amour « n'est pas volontaire. Allez, « retournez à votre Incon- « nuë. Tâchez de la voir. « Faites-lui le sacrifice d'une « Princesse. J'y consens en- « core, si cela peut contri- « buer à votre bonheur. « Adieu pour jamais, adieu « Dom Alvar, ma tendresse « méritoit peut-être un sort «

plus heureux. En proferant ces derniéres paroles, quelques larmes lui échaperent, qu'elle tâcha de cacher en se levant brusquement, & passant dans son cabinet. Dom Alvar se sentit ému de compassion. Il eut bien voulu qu'une si belle persone eût été heureuse; mais il ne vouloit pas faire son bonheur. Il sortit du Salon, & trouva les mêmes hommes, qui l'avoient enlevé, tout prêts à le remener à Naples. Il monta en Carosse. On le mena fort doucement, afin de n'arriver à la Ville qu'à l'entrée l'entrée de la nuit. Il n'eut que le temps de changer d'habit, & voyant l'heure arrivée de son Rendez-vous ordinaire, il alla chercher sa chere Diana. Il la trouva à sa grille, qui l'attendoit. « Helas, *lui dit-elle*, « que vous m'avez fait verser de larmes. Je vous vis « hier au soir entre les mains « de cinq ou six Satellites. Je « tremblai pour votre vie ; & « à peine en vous voyant, « puis-je encore me rassurer. « Contez-moi donc votre « avanture. Etoit-ce des Voleurs ? Je leur aurois donné tout mon bien. Etoit-ce des Assassins ? Ils n'avoient qu'à prendre ma vie. Dom Alvar à un discours si tendre, se remercia cent fois d'avoir méprisé la Princesse. » Madame, *lui dit-il*, les prix que j'ai remportez, m'ont fait des ennemis de toute la Noblesse Napolitaine. Ces hommes me surprirent dans le temps que je ne pensois qu'à vous. Je ne pus me mettre en défense ; ils ne m'auroient jamais désarmé devant vous. Ils me conduisirent au bout de la ruë, je ne sai à quel dessein. Mon bonheur fit passer quelques Cavaliers. « Je leur demandai du se- « cours, ils mirent l'épée à « la main, chasserent cette « canaille, & me délivre- « rent. C'en est assez, *s'écria* « *Diana*, si votre recit ne sau- « roit augmenter ma pas- « sion, il augmente mon es- « time. Je vous ai assez « éprouvé. Je me veux don- « ner à vous ; mais il faut que « vous me voyez aupara- « vant. Elle alla aussi-tôt prendre une bougie dans son cabinet, & lui fit voir le visage de la Princesse, qu'il avoit méprisée pour l'amour d'elle. Que les plus grands Orateurs, que les plus habiles Peintres jettent la plume & le pinceau, ils n'exprimeroient jamais la surprise & la joïe de Dom Alvar. Il n'avoit pas la force de répondre; & s'il ne s'étoit apuyé sur la fenêtre, il seroit tombé en foiblesse. Quoi donc, *dit-il enfin*, Diana est la Princesse, & la Princesse est Diana? Je trouve tout en elle! Hà Dom Alvar, elle trouve aussi tout en vous. Ces deux cœurs étoient trop contens pour se dire beaucoup de choses; ils acheverent seulement de se faire conoître. Je ſuis, *dit la Princeſſe*, de la Maiſon Caraffa : Mon Pere étoit Prince de Stigliano & de Sabionetta, Grand d'Eſpagne, Chevalier de la Toiſon d'Or, Prince du Saint Empire ; & ma mere étoit Gonzagues : je ſuis ſeule héritiére de leurs Principautez. Et moi, *reprit le faux Dom Alvar del Sol*, je ſuis Philippes Ramires de Guſman, Grand d'Eſpagne, Duc de Medina de las Torrés. Ils allerent dés le lendemain faire part au Viceroi de leur mariage, afin qu'il y donnât ſon consentement. Il falut aussi en écrire en Espagne. Il fut aprouvé du Roi, & des deux Familles, & se fit à Naples quelques mois aprés dans le Palais du Viceroi, qui fit éclater en cette occasion sa magnificence ordinaire.

APPROBATION.

J'Ay lû par ordre de Monseigneur le Chancelier deux Nouvelles, intitulées, *le Prince Kouchimen, & Dom Alvar del Sol*, & n'y ai rien trouvé qui en doive empêcher l'impression. Fait à Paris ce 9. Janvier 1710.

FONTENELLE.

PRIVILEGE DU ROY.

LOUIS par la grace de Dieu Roy de France & de Navarre : A nos amez & féaux Conseillers, les Gens tenans nos Cours de Parlemens, Maîtres des Requestes Ordinaires de nôtre Hôtel, Grand Conseil, Baillifs, Sénéchaux, Prevosts, leurs Lieutenans; & à tous autres nos Justiciers qu'il appartiendra, SALUT. Nôtre amé JACQUES ESTIENNE, Libraire dane nôtre bonne Ville de Paris, Nous a fait exposer qu'il desireroit faire imprimer un Manuscrit intitulé, *le Prince Kouchimen, Histoire Tartare,* & *Dom Alvar del Sol, Histoire Napolitaine*, s'il Nous plaisoit de le luy permettre par nos Lettres de permission sur ce necessaires : A ces causes, voulant favorablement traiter l'Exposant, Nous luy permettons & accordons par ces Presentes, d'imprimer, ou faire imprimer, vendre & debiter dans tous les lieux de nôtre Royaume ledit Manuscrit, de telle marge, volume, caracteres, & autant de fois que bon luy semblera l'espace de trois années consecutives, à commencer du jour & datte des Presentes : Pendant lequel temps Nous faisons trés-expresses défenses à toutes sortes de personnes, d'en introduire dans nôtre Royaume aucun Exemplaire d'impression étrangere, à condition qu'il sera mis deux Exemplaires dudit Livre dans nôtre Bibliotheque Publique, un en celle du Cabinet de nos Livres dans nôtre Château du Louvre, & un dans la Bibliotheque de nôtre trés-cher & féal Chevalier, Chancelier, & Garde des Sceaux de France, le Sieur Phelypeaux de Pontchartrain, Com-

Possideur de nos Ordres, avant que de l'exposer en vente; à la charge aussi que l'impression sera faite en beaux caracteres sur de bon papier, dans nôtre Royaume, & non ailleurs, conformément aux Reglemens de la Librairie & Imprimerie, à peine de nullité des Presentes; lesquelles seront registrées sur le Registre de la Communauté des Imprimeurs-Libraires de nôtre Ville de Paris, dans trois mois du jour de leur datte: Si vous mandons & enjoignons, que du contenu en icelles, vous fassiez joüir plainement & paisiblement ledit Exposant, ou ceux qui auront droit de luy, sans souffrir qu'il soit fait aucun empêchement: Voulons aussi que la Copie des Presentes, qui sera imprimée au commencement, ou à la fin dudit Livre, soit tenuë pour deuëment signifiée, & qu'aux Copies qui en seront collationnées par l'un de nos amez & féaux Conseillers, & Secretaires, foy soit ajoûtée comme à l'Original: Commandons au premier nôtre Huissier ou Sergent sur ce requis, de faire pour l'éxecution d'icelles tous actes necessaires, sans demander autre permission, nonobstant Clameur de Haro, Charte Normande, & Lettres à ce contraires. Car tel est nôtre plaisir. Donné à Versailles, le vingt-troisiéme Février mil sept cent dix, & de nôtre Régne le soixante-septiéme.

par le Roy en son Conseil. *Signé*, LE PETIT.

Registré sur le Registre num. 2. *de la Communauté des Libraires & Imprimeurs de Paris*, *page* 546. num. 987. *conformément aux Reglemens*, *& notamment à l'Arrest du* 13. *Aoust* 1703. *A Paris*, *le* 27. *Février* 1710. *Signé*, DELAUNAY, *Syndic.*

www.ingramcontent.com/pod-product-compliance
Ingram Content Group UK Ltd.
Pitfield, Milton Keynes, MK11 3LW, UK
UKHW031853260826
14628UKWH00002B/747